POETISCHE ZEITEN

KEA VON GARNIER

Mehr Infos unter: www.instagram.com/kea_schreibt/

POETISCHE ZEITEN

KEA VON GARNIER

Kea von Garnier
Talstraße 20
65191 Wiesbaden
Covergestaltung: Kea von Garnier

ISBN: 9781521789452

Für Rebecca und Melanie

DANKSAGUNG

Ich danke den ZweiflerInnen und den QuerdenkerInnen
und allen, die abseits der ausgetretenen Pfade auf der Reise sind.
Die den Mut haben, gesellschaftliche Konventionen zu
hinterfragen und dem Leben ihre ganz eigene Note zu geben.
Mein Dank geht an alle, die dem Fremden nicht mit Angst,
sondern mit Neugier begegnen, deren Herzen weit und
vertrauensvoll sind und die daran glauben, dass eine bessere Welt
möglich ist. Die mutig drauflos lieben, offen zu ihren Schwächen
stehen und die in Kleinigkeiten große Schätze finden.
Ich danke allen, die den wahren Reichtum
in ihrem Inneren suchen.
Den TagträumerInnen, den RebellInnen,
den FriedensstifterInnen.
Euren Geschichten lausche ich.

INHALT

MEIN HERZ – EIN OZEAN

Ich bin nicht das,
was du vermutest.
Ich kann nicht halten,
was du dir versprichst.
Mein Herz – ein Ozean
mit dunkelblauer Mitte,
mein Weg ein Pfad,
der sich im Wald verliert.
Mich liebt man nicht,
mich zu besitzen,
mein Wesen ist ein
unberittnes Pferd,
das sich nach
allen Seiten hingibt –
dem Traum, der Freiheit, der Poesie.

IN DER BIBLIOTHEK

Er erblickt sie auf der Straße,
schiebt sein Rad, bleibt plötzlich stehn,
sieht ihr nach, wie schlanke Schritte
eilig übers Pflaster gehn.

Sie verschwindet in den Reihen,
zwischen vollen Bücherwänden,
hält mal dies, mal jenes Bändchen
andachtsvoll in weißen Händen.

Durch die Fensterscheiben schaut er,
weiß nicht, dass sie ihn bemerkt.
Ahnt nicht, dass ihr Blick aus Neugier
immer wieder wiederkehrt.

Fasst sein Herz und geht hinein,
in die stillen Hallen.
Hofft, ihr lesend und mit Buch
besser zu gefallen.

Auf den Treppen, in den Sälen,
nur ein Wispern, nur ein Flüstern
und er lässt statt Schmeichelworten
Zeitungsseiten knistern.

Auf der Straße vor den Fenstern
fallen erste Tropfen,
fangen an, wie Katzenpfoten
an das Glas zu klopfen.

Und mit einem milden Lächeln
hebt sie ihren Blick.
Schaut ihn an und fragt ganz leise:
„Klingt's nicht wie Musik?"

NACHWEHEN

Ährenreiches Korn
steht an meinen Wegen,
sommerwarme Tage,
himmelblau gerahmt,
und mein Zug dampft heiter
durch die grünen Weiden,
lieblich mild, voll Süße
weht ihr Duft heran.
Doch in meiner Brust
hebt sich kaum der Atem,
blass sind all die Bilder,
wie in Milch getaucht.
Denn mein Herz schlägt müde
in den Junimorgen,
stumm vor allem Schönen.
Hab's an dir verbraucht.

IN DER FUSSGÄNGERZONE

Der Frühling prahlt ganz pubertär
mit seinem weißen Blütenmeer,
die Einkaufsstraßen gut gefüllt
mit Tüten und mit Kaffeetassen,
kein Platz mehr auf den Südterrassen
und man leckt Himbeereis im Becher.
Am Rand sitzt einer ohne Schuhe
und ohne Konto, ohne Kuchen
und lächelt zahnlos in den Wald
aus Füßen, der vorübereilt.
Zwei Welten, die sich kaum berührn,
nur hin und wieder etwas Geld,
das in den alten Filzhut fällt.
Kein Loblied auf die Menschlichkeit,
nur Ablass für die gute Zeit.

GROSSSTADTLIEBE

Sie nestelt am Saum ihres Kleides,
der sich anfühlt, wie eingelaufen,
sie wollt' doch was Neues kaufen,
nur noch zehn Minuten bis acht.

Der Kellner bringt trockenen Weißwein,
sie lächelt verhalten dazu.
Vielleicht findet er keinen Parkplatz?
Der Tag setzt sich langsam zur Ruh.

Im Waschraum tönt Fahrstuhlmusik,
mit kirschroter Präzision
malt sie sich die Lippen nach –
Enttäuschung mit Dekoration.

Um neun bittet sie um die Rechnung.
Es ist nur ein kurzer Beleg:
Drei Wein und ein leeres Versprechen.
Sie zahlt, nimmt den Mantel und geht.

NAH

Tränennass und leergeweint,
zwischen weichen Kissen,
war der Kampf zu Ende und
du nahmst mich in den Arm.

Erstmals wieder nicht als Krieger,
eher sanft wie Haselmäuse,
nach dem Ringen ohne Sieger,
neu und weich und so verletzlich.

Und ich dacht' in deine Haare,
dass wir in der Niederlage
vielleicht mehr zusammen waren,
als in all den Jahr'n davor.

BESSER SO

Zwei Koffer in der rechten Hand
das Herz in meiner linken,
dreh ich mich jetzt bestimmt nicht um,
solltest du dort stehn und winken.

So wie es war, so konnt's nicht gehen,
das haben wir gewusst,
uns trotzdem sonntags um halb zehn
mit Teegeschmack geküsst.

Doch eines Tages sind wir alt
und unsere vollen Jahre
sind blass verstrichen und du weißt,
dass ich deshalb jetzt fahre.

Die Tage werfen Schatten, ach,
ab jetzt nur noch den einen!
Ich rieche nachts an deinem Hemd
und schaff es nicht zu weinen.

WASCHTAG

Ich brauche eine Wäscheleine
für mein Gehirn, nur eine kleine
Weile will ich es belüften,
so zwischen süßen Weichspüldüften.
Entspannt, gepflegt den Tag verträumen,
ganz sicher Wichtiges versäumen
und ohne irgendwas zu müssen,
ein bißchen flattern, etwas knittern,
im Wind der Nonchalance erzittern
und zitrusfrisch, wie Sommerquitten,
all der Geschäftigkeit der Welt
ein weiß gestärktes Lächeln schicken.

FLANEUR

Ich sah dich in einem Garten,
nahe dem Oleander,
die Hände wie Taschentücher
aus Seide, gefaltet im Schoß.

Und neben dir einige Bücher,
nur beiläufig aufgeschlagen,
du träumtest darüber hinweg.
Wovon? Ich kann es nicht sagen.

Ich hatte nicht mehr zu warten,
auf etwas, das echt war und rein
und so legte ich all meine Liebe
in diesen Anblick hinein.

KLEINES LEBEN

Weißt du noch, damals waren wir frei,
wie unberührter Schnee lag vor uns weiß das Leben
und unsere Träume waren uns ergeben,
voll kindlich süßer Schwärmerei.

So viele Winter sind vergangen, nebenbei
und wir erstickt in unerfülltem Streben.
Beweint ist alles, manches ist vergeben –
wir sind zu klein geblieben, oh verzeih!

IM HOTEL

Ein Zimmer, zwei Stiefel
und tausend Gedanken,
ein neues Stück Himmel
im Sichtfeld vom Bett.
Der Nachmittag schweigt,
im Nachbarhaus Lichter,
ich schaue in fremde Leben hinein.
Steh da und ich frag mich:
Was wär, wenn ich bliebe?
Ganz einfach für immer,
als hätt ich vergessen,
dass irgendwo anders
ein anderes Fenster
ein anderes Stück
dieses Himmels zeigt.

DER MANN IN DER STRASSE

Von montags bis freitags
und sonnabends auch,
sieht man ihn wandern
mit hängendem Schritt.

Einmal rauf, einmal runter,
ohne zu grüßen,
die Jacke geöffnet,
gen Boden sein Blick.

Wo geht er hin?
Von wo ist er gekommen?
Das Jahr wechselt die Farben
und er wechselt mit.

Weil er will? Weil er muss?
Und ist er allein?
Oder einer von vielen?
Oder einer von uns?

WINDSTILLE

Ein weiterer Tag fließt hin und vorbei,
an dem ich zwar lebte, doch nur nebenbei,
an dem ich still saß, während die Erde sich drehte
und von den Träumen und Wünschen in mir
die Luft ganz still blieb
und nur in Gedanken
der Wind der Veränderung wehte.

SCHWÄRMEREI

Ach Liebe, deine Zärtlichkeit!
Dein Wesen macht die Menschen weich
wie Butterkaramellen.
Reißt Grenzen ein und Wunder auf,
stürmst Herzen wie das SEK,
um dann darin zu wohnen.
Was sich gehört, das schert dich nicht,
du liebst das freie Spiel,
fällst dorthin, wo es dir gefällt,
mit Schirm, Charme und Hormonen.
Und wenn man dir die Tür aufhält,
mit keckem Blick und Handkuss –
dann bleibst du mit ein bißchen Glück
ein Stammgast bis zum Schluss.

ANRUF AUS PARIS

Die Nacht befreit die weichen Worte,
die der Verstand bei Tageslicht zensiert,
die Stimmen rau von Zärtlichkeiten,
die uns die Stadt gekonnt souffliert.

Ein Karussell im Dämmerlicht,
woanders Kitsch, hier hat es Stil,
ich flüstre leise Liebesworte,
du revanchierst dich, mit Gefühl.

Der Abschied naht, der Morgen graut,
ach ohne dich: Je vais mourir!
Wir legen auf, um Schlaf zu finden –
du dort und ich nur wenig hier.

OSTERMONTAG

Die Kinder tollen durch den Park,
die Oma ist besucht.
Das Rührei, der Osterzopf,
der Schnaps danach warn gut.
Die Jogger laufen pflichtbewusst
und keuchend, dicht an dicht,
ein Pärchen hält sich an der Hand,
eins auf den Bänken nicht.
Das who is who der Upperclass
palavert und flaniert,
im leichten Frühjahrsmantel
und beäugt sich ungeniert.
Man gönnt sich nochmal einen Tag
im Feiertagsgefühl,
genießt die Freiheit, ganz kompakt,
denn morgen schlägt die Welt erneut
im altbekannten Takt.

WILDE PFERDE

Ich möchte leben –
ein bißchen leichter.
Ein bißchen weiter
möchte ich atmen,
ein wenig schweben.

Vor lauter Liebe
die Angst verlieren.
Dem Nebel, der Schwere,
wie junge Fohlen,
davon galoppieren.

Dem Morgen vertrauen,
dem Gestern vergeben,
möchte ich laufen
mit wehender Mähne –
den Weiten entgegen.

ERNTE

Ich lief in einem Laubengang
und, oh, der Tag war gut!
Wie süße Früchte hing das Glück
gleich neben Stolz und Mut.

Ich dachte mir, die Welt ist schön
und wusste doch im Stillen,
dass anderswo
kein Laub, kein Glück
und keine Früchte
hingen.

GEDULD

Sachte, ganz sachte,
Veränderung braucht Zeit,
der Sturm flaut ab, der Wind lässt nach,
ich weiß, der Weg ist weit.

Hol Atem, behutsam,
für heute ist's genug,
die Nacht hüllt sich in veilchenblau,
der Traum hebt an zum Flug.

Die Sterne im Samtbett,
so hell wie tausend Sonnen,
sie flüstern in das Ohr der Welt:
Die Zukunft hat begonnen.

MOMENTAUFNAHME

Blaue Betten, weich, wie Meere,
leise Töne, Flüsterworte
und Septembersonnenstrahlen
fluten unsre goldenen Orte,

malen stumm aus Licht und Schatten
Bilder in dein kahles Zimmer,
könnt dich ewig lachen hören –
hell und sorglos, so für immer.

VAGABUNDEN

Ich will tief tauchen in den Seen der Wälder,
im Smaragdwasser meine Angst ertränken,
ich will einatmen, feuchte Abendnebel,
mein Geheimnis dem Blau der Tannen schenken.
Ich will stumm lauschen allem Klang der Nacht,
wie der Wind rauscht in den hohen Bergen,
ich will eins werden mit dem, das dort wacht,
meine Stirn an die rauen Borken lehnen.
Ich will weit gehen, da, wo niemand ging,
in die pfadlosen Täler, in den stillen Hain
und wo Farne und Silberkerzen stehn,
in der Weite der Welt geborgen sein.

REGENMEDITATION

Ich regne mich aus,
wie die Wolken vorm Fenster,
ich schaue hinaus,
durch die glasblauen Scheiben
und lasse mich treiben
im Wettlauf der Tropfen.
Ich werde ganz still
im Klang ihrer Schritte,
bin wiedergeboren,
als Teil ihrer Mitte
und atme mit ihnen
den Tag ein und aus.

BROMBEERTAGE

Als die Zweige schon von Früchten
schwer beladen sich verneigten,
als das letzte Lied der Schwalben
einsam in den Abend klang,

als die Nächte kühler wurden
und man eine zweite Decke
aus dem Schrank nahm, zu sich legte,
als das erste Laub sich färbte,
Besen es vom Gehweg fegten,

kam in einer ruhigen Stunde
die ich still im Garten saß,
und nichts dachte und nichts las
dein Bild wieder in mein Herz.

REINICKENDORF

Applaus aus einer Fernsehshow
schallt munter in den Hof,
begleitet von Klaviermusik,
wohl etwas aus der Jazz-Rubrik,
und jemand pfeift dazu.

Auf dem Balkon im 2. Stock,
am Tisch mit Wachstuchdecke,
wird rauchend und ganz konzentriert
der Supermarktprospekt studiert –
Melonen für einsfünfzig.

Dass alle paar Minuten wieder
einer der weißen Urlaubsflieger
sonor über den Köpfen dröhnt,
daran hat man sich längst gewöhnt,
palavert halt mit Pausen.

Der Gärtnerstolz vorm Hinterhaus
wird ohne Hemd bewässert,
man träumt vom Bungalow am Meer
und findet, aus der DDR,
ne Ostmark in den Rosen.

GROSSMUTTERS UHR

Zeit an einem goldenen Band
zählt leise tickend die Stunden,
rieselt durch unsere Finger wie Sand –
eben noch da, schon verschwunden.

Zeit an einem goldenen Band,
weht vorüber, flüchtig wie Wind
und fragt, wieviel Leben geben wir
den Jahren, die unsere sind?

KREISLÄUFE

Ich hänge in Gedanken fest,
wie Algen schlingen sie sich wendig
um meinen Geist und ziehen mich beständig
hinab, in ihre dunklen Grotten.
Wer hat das Wolkenbett gemacht?
Vorm Fenster liegt es, frisch gestärkt,
in weißer Unergründlichkeit
auf seinem blauen Laken.
Und Wolken wie Gedanken ziehn
vorbei am selben Horizont,
manche erheben mich, manche verspotten
mein kleines Leben, aber alle fließen
vorüber, doch sie kehren wieder,
als Teil des Ganzen, nur in anderer Gestalt.

ANFÄNGERFEHLER

Wir fanden einst die Liebe,
ein Vöglein auf der Hand,
wir waren voller Staunen
und wollten es behalten,
haben's in Gold gebannt.
Nun war es dort gefangen
und hat sich selbst erstickt,
im Käfig, warm und sicher,
da wurd die Liebe still.
Sie passt nicht hinter Gitter,
auch nicht aus purem Gold,
nichts andres als das Fliegen
macht doch den Vogel aus.

LUFT

Ich weiß nicht, wo du atmest.
ich weiß nichts mehr von dir.
Die Zeit füllt deine Seele
mit Schweigen, statt mit mir.

Die Wahrheit ist nicht selten
ein zweischneidiges Schwert,
was immer sie zerteilt hat,
nichts bleibt ganz unversehrt.

Der Tag vor Trauer winzig
und schmerzhaft eng verkrümmt.
Ich weiß nicht, wo du atmest.
Du weißt nicht, wer ich bin.

DISTANZEN

Das Leben winkt vom andern Ufer
mir lächelnd zu, mit schönen Augen.
Das Wasser steigt, die Schlucht wird tiefer,
die Tage schleichen still vorüber,
auf Zehenspitzen, ohne Ton.
Nur nachts im Traum packt mich der Mut,
dann will ich in die Fluten hechten,
kopfüber, ohne Rettungsring!
Mich von der Hoffnung tragen lassen,
und werden, was ich, träumend, bin:
die denkbar stärkste Schwimmerin.

IM GRAS

Ich will mich in die Ruhe einer Wiese legen,
wo alles Brauchen, alles Suchen endet,
will schweigend in das hohe Dach der Eiche blicken,
die mir so gütig ihren blauen Schatten spendet.
Ich will von meinem Herzen alle Wünsche nehmen,
von meinem Denken jeden Traum von Ruhm und Geld,
und, während ich in Wellen mit der Wiese atme,
nicht mehr bedeuten, als ein Halm in ihrem Feld.

GROSSE ERWARTUNGEN

Ein Haus, ein Kind, vielleicht auch zwei,
ein Partner – bloß nicht mehr!
Ein Job, ein Hund, ein PKW,
die Altbauwohnung an der Spree,
Büro von neun bis sieben.

Warum?
Weil es irgendwo steht.
Weil die Erde sich irgendwie dreht.
Weil uns irgendwer irgendwann einmal gesagt hat,
dass Leben eben so geht.

Aber wer hat das Buch geschrieben?
Wer hat die Kapitel benannt?
Wenn du es nicht warst,
dann nimmst du jetzt besser
Papier und nen Stift in die Hand.

IM EICHENWÄLDCHEN

Schenk mir Jahre, hier, unter diesem Baum,
nur so liegen und schauen,
wie die Blätter sich flüsternd bewegen.

Ich möchte leben in diesem Traum.
Zeit, die wir uns einfach klauen
und in unsere Herzen legen.

DAHEIMGEBLIEBENE

Auch wenn ich weiß, dass diese Reise
eine ist, die dich wiederbringt,
ist doch mein Herz nicht tapfer, weil
in jedem Abschied „ewig“ schwingt.

Die Sonne senkt den Blick zu Boden,
das Haus liegt ruhig, dein Stuhl steht leer.
Ein Schweigen ist nun eingetreten,
wartet auf deine Wiederkehr.

Dein Kissen erwacht ohne Falten,
die Küchenuhr schleicht kaum voran,
die Tage haben Spiegelbilder
und lächeln mich geduldig an.

Ich sitz am Tisch, nur ein Gedeck,
die Hand im Schoß, der Blick im Garten.
Bald werden all die stillen Räume
von deinem: „Ich bin da!“ geweckt.

DAS LETZTE LICHT

Wie die Augen eines Kindes
ruht das abendliche Strahlen
wachsam über Stadt und Land.

Alle Mühsal eines Tages,
alle Masken, die wir tragen,
glimmen rot, im Leuchtgewand.

Doch bevor die Dämmerung
ihre Schattendecke breitet,
zündelt sie an unsren Herzen,
die wie Fackeln weiterbrennen,

schickt uns dann in unsere Träume,
wo wir, eingehüllt ins Dunkel,
uns im Schutz der stillen Kammer
unumwunden selbst erkennen.

DIE DINGE, DIE ETWAS BEDEUTEN

Die Dinge, die etwas bedeuten?
Wir haben sie längst verkauft.
Getauscht gegen Abziehbilder
und wahnhaften Shoppingrausch.

Unser Schrei, nicht mal mehr ein Flüstern,
unser Herzschlag ermattet und taub;
das Leben, sein purpurner Duktus
wird fahl, wird zu Asche und Staub.

Tief in uns da glimmt eine Sehnsucht,
nach etwas, das echt ist und stark.
Brauchen wir denn am Ende nicht alle
die Wahrheit vielmehr noch als Spaß?

WOLKEN UND MEER

So ist die Liebe, sagen sie
und klammern sich an ihren Rest,
dabei ist Liebe unbekümmert,
wie ein zu langes Fest.

So ist die Liebe, sagen sie
und fürchten, sie könnte entwischen;
dabei ist Liebe das Meer und die Wolken –
und der Regen dazwischen.

Das ist die Liebe, sagen sie
und sperren sie ein;
dabei braucht Liebe keinen Rahmen –
ihr reicht es, zu sein.

IM SOLEBECKEN

Drei Badekappen – fliederfarben –
durchpflügen sanft das kühle Nass,
der Tiger auf dem Lycra-Anzug
trägt in den Augenwinkeln Strass.
Die Kinder sind längst aus dem Haus,
die Enkel in Amerika,
und die drei violetten Hauben
bedecken pflaumenweiche Ohren
und etwas weiß gewelltes Haar.
Man plauscht so über dies und jenes,
über den letzten Erdbeerschmaus
und hält zwischen den Beckenrändern
das Alter recht gemütlich aus.

AN EINE HEIMAT

Von allem, was ich liebte,
muss ich scheiden.
Nur in meinen Träumen
werden all die warmen Bilder
und ein wenig davon bleiben.
Tiefer Grund in meinem Herzen,
Wiege der Geborgenheit,
Ahnung von ein wenig Glück.
Alles hast du werden können,
jetzt bist du zu früh vorbei.
Was ich liebte, bleibt zurück.

DIE FÖRSTERIN

In meinem Herzen steht ein Wald aus Angst,
aus schwarzen Tannen, ihre Stämme dicht,
und unter ihnen Erde – ohne Licht;
ein Bett aus Moos für meine bleichen Wangen.

Und Stamm an Stamm, so wächst er weiter fort;
wer in ihm wandert, der geht stets allein
und alle seine Wege führen tief hinein,
denn meine Brust ist diesem Wald ein Hort.

In meinem Herzen steht ein Forst aus Schweigen,
im Dunkel seiner Wege geht ein Wind,
und manchmal neigen seine Wipfel sich
zum Trost herab zu seinem Waldeskind.

DIE REISENDE

Still liegt das Wasser am See,
Nebel und schützende Berge
umgeben den ruhenden Strom.

Die Lichter am Ufer verdampfen
im perlweißen Dunst und es graut
von Osten der Morgen schon.

So gleitet mein Zug dahin,
die Dämmerung weckt Dörfer und Städte
und ich wünschte, ich hätte ewig
in diesem Morgen gewohnt.

SALONFÄHIGES SEELENLEBEN

Ja, sei traurig, aber bloß nicht zu viel,
flüchtig wie Pfützen, nicht ozeantief,
denn Traurigkeit haben wir fein rationiert,
ein wenig ist Zierde, zu viel kompliziert.

Alles, was weh tut, hat Ablaufdaten:
Verzweiflung sechs Stunden, für Trauer ein Jahr,
wer dann nicht soweit ist – der tut eben so,
die Welt will uns schließlich heiter und froh.

Denn Tiefe macht hilflos, ist sperrig und schwer,
ihr zu begegnen, braucht Mut.
Wir stehen in Gummistiefeln vorm Meer
und fürchten die kommende Flut.

HERBSTGEDANKEN

Der Wein ist gelesen,
die Reben stehn stumm
im warmen Novemberregen.
Der Wind wendet sachte das Laub
und ich bin, wie die Blätter,
den Böhen ergeben –

sie treiben mich die Wege entlang,
durchwühlen mir Mantel und Haar.
Aus einsamen Baumgestalten
löst sich eine Finkenschar.

Sie wirbelt, wie meine Gedanken,
auseinander, in's Himmelgrau,
funkelnd, flatternd wie Diamanten.
Wohin? Ich weiß nicht genau.

ERBSCHAFTEN

Wie auch du, so habe ich
mit jedem Tag gerungen
und mit jener Stimme in der Brust,
die niemals stirbt.
Die, mal lauter, manchmal flüsternd,
aber immer doch vernehmbar,
ängstlich lauscht am Fluss des Lebens,
zitternd, was der Morgen bringt.

Du hast alle Schönheit,
allen Geist, um sie zu sehen,
jedes Licht des Tages mir
in Herz und Blut gegeben,
als Geschenk und als mein Segen,
alle Tage meines Lebens,
wissend, dass sie Trost sein werden,
wenn die Winde eisig sind.

LAUF DER WELT

Etwas trägt mich auf den Kamm der Berge,
hoch unter die Wolken in den Wind,
drängt mein Herz hinaus in alle Häfen,
immer zu dem Zug der Vögel hin.

In den Tälern fließt ein dunkler Strom,
breites Wasser in den steilen Schluchten,
kleines Leben, dort, an seinen Ufern,
winzig vor der Ewigkeit der Welt.

Wieso lieben wir nur, was uns fremd ist?
Erst machen wir es uns vertraut,
um dann wieder fortzureisen,
voller Neugier, aber nirgendwo zu Haus.

VERMÄCHTNISSE

Wir gehen auf Scherben, wir liegen im Sterben,
und lachen und kaufen und laufen in Herden,
wir sparen an Liebe, verschwenden die Tage,
wir kennen die Antwort, doch meiden die Frage,
wir packen die Zweifel in niedliche Taschen,
die Meere voll Müll und das Wasser in Flaschen
aus Plastik und shoppen zum Schnäppchenpreis
Bikinis, genäht für zwei Schüsseln Reis.
Wir kämmen und stylen und pudern und cremen,
inmitten von Bildern und Bomben und Femen,
wir schwitzen und hetzen und mühen uns ab,
wir streben nur vorwärts und leugnen das Grab,
wir fürchten die Nacht und flüchten ins Licht,
benehmen uns so, als gäb es uns ewig,
und gleichsam, als gäbe es nach uns nichts.

PERLENTAUCHERIN

Die letzte aller Schranken
steht vor der Einsamkeit.
Die Angst als ihre Wachen,
vor einem Ozean,
den unsere Seele fürchtet,
sein Grund in schwarzer Tiefe,
zu dem wir alle sinken
und sei's am letzten Tag.
Ein Leben auf der Flucht
ist eigentlich vergebens,
drum wage ich zu tauchen,
denn ich will nicht zeitlebens
an seinem Ufer stehen.
Die letzte aller Schranken
steht vor der Einsamkeit.
Doch hinter ihren Toren,
in Dunkelheit verborgen,
liegt das, was uns befreit.

GESTÄNDNIS

Du hast sie wie Pfeile
in mein Herz geschossen,
elf Worte, so jäh und so groß.
Sie fielen einfach so vor mich hin,
zwischen uns, wie Tauben ins Moos.
Ich hörte dich sprechen und wurde ganz still,
denn alles war gesagt.
Die Worte warn aus,
der Traum war geträumt
und lag lächelnd mit uns im Gras.

GEGENWARTSLYRIK

Weit weg von den brodelnden Straßen,
von Wifi und Nachrichtenstau,
vom schlaflosen Großstadtpatienten
und der Welt in bildschirmhellblau.
Mal so ganz ohne Yoga und Fitness,
ohne Smoothie und Chia Bowl
und sogar ohne Online Business –
ist auch mal ganz nice for the soul.
Statt Selfmarketing einfach atmen,
ohne Druck, ohne Ziel und Vision,
nur mit ganzem Herzen dem Leben
vertrauen, das macht das schon.
Hier draußen, tief in den Wäldern,
laufen Ängste wie Wollpullis ein,
um mich nichts als der Wind und die Berge
und es gibt kein werden –
nur sein.

PARALLEL-EXISTENZ

Ich sah dich im Abendlicht der Straße,
nur kurz, dein Bild flackerte auf –
und mit dir die Frage:
Wie wär es gewesen,
wären wir uns ein wenig eher begegnet?

Hätte ich deine Hand dann in meiner behalten?
Würdest Du samstags unsere Kniestrümpfe falten?
Sag mir, könnten wir in dem roten Haus
vorne am Eck, in der zweiten Etage
lieben und streiten wie Ehepaare?
Trennt uns von möglichen anderen Leben
manchmal nicht mehr
als ein klein wenig Zeit?

Im Haus schließt ein Fenster.
Die Sonne geht unter
und du gehst vorbei.

MÄNGELEXEMPLAR

Ich bin undicht geworden.
Eine Vase mit Sprung.
Nichts kann ich mehr halten,
wie früher, das Wasser.
In aalglatter Ganzheit
war alles noch mein.
Jetzt bin ich geborsten,
mit Macke im Lack.
Gefühl rieselt aus mir,
kriecht durch meine Ritzen,
quellt durch kleine Schlitze
ganz langsam heraus.
Man kann mich noch kleben,
noch wiederbeleben,
stellt Blumen hinein,
damit's besser aussieht,
doch wie man mich dreht
oder wendet, ich bleibe
ab jetzt eine Vase mit Sprung.

LEBEWOHL

Es ist der Geschmack von Abschied,
der jetzt unsere Tage tränkt.
Es ist eine wunde Stille,
die sich auf die Herzen senkt.
Sieh, ich habe alles Gold der Welt
für uns gewollt,
doch der Mut allein
macht noch keine Sieger.
Und jetzt wasch ich unsere Hemden,
spiele liebgewonnene Lieder,
weine stumm auf weiße Krägen,
um ein Gestern voll von Träumen,
eine Zukunft, die wir wollten –
aber die wir nie erleben.

ZWISCHENREICH

Taubenblaue Stadtgestalten,
Wolkenbänder dicht an dicht,
leuchten mir in Ewigkeiten,
glimmen fremd im Abendlicht.

Meine Ängste, Nebeln gleich,
Reiter, Krieger und Gespenster
jagen, weiß, wie Traumgebilde
in den Schlund der nächsten Nacht.

Morgen wird der Sturm vorbei sein
und das Heute nur Erinnerung,
darum Hoffnung, tief im Herzen,
Hoffnung hält über mir Wacht –

wiegt mich sacht in ihren Armen,
raunt von spätren, bessren Jahren,
ich kann ihren Herzschlag spüren,
sacht, in ihrer Vogelbrust.

TUCHFÜHLUNG

Ganz leise eroberst du mich,
wie die Kämpfer im Pferdchen von Troja.
Wo fängst du an und wo ich?
Deine Finger prickeln wie Soda.

Du schickst deine Küsse voraus,
besiegst mich mit Streichelsoldaten,
schmeckst nach Moschus, nach Regen und Salz.
Komm, lass mich ein bißchen drin baden!

Das Essen vom Spanier wird kalt,
getauscht gegen hitzige Küsse,
ob wir uns auch morgen noch kennen –
das will ich jetzt nicht einmal wissen.

Geflüsterte Liebesworte,
mit pelzigem Rotwein getauft.
Leise zu atmen fällt schwerer
und die Luft um uns wird es auch.

AM FRÜHEN ABEND

Der Tag wog schwer an Sorgen,
die Schwalben flogen tief.
Die Luft stand wie ein Samtvorhang
vorm nahenden Gewitter.
Da radelten den Weg herauf
ein Mädchen und sein blaues Kleid,
das flatternd wie die Schwalbenflügel
um seine nackten Beine schwang –
schon rauschten sie an mir vorbei
und durch den Donner hörte ich,
wie eine hübsche Melodie
vergnügt der Welt entgegen klang.

TURTELEIEN

Man schaue sich die Tauben an!
Sie turteln auf dem Südbalkon,
ganz vogelfrei und ungeniert,
zu zweit, zu dritt und mal zu viert
in praller Morgensonne.
Und fliegt ein Partner plötzlich weg,
wechselt man schlicht das Häuser-Eck
und bleibt nicht lang allein.

Der Mensch dagegen – hochkomplex!
Macht aus der Liebe Wissenschaft,
will Treue, Sex und Heiterkeit,
zu gleichen Teilen und zu zweit
und, bitte schön, für immer!
Ach, tierisch süße Leichtigkeit!
Ménage-á-trois im Federkleid –
ein Täubchen müsst' man sein!

INHALT UND FORM

Ist der Bauch, in den du zwickst,
morgens, vor dem Spiegel
wirklich ein so böser Feind,
ganz, wie Schokoriegel?
Glaubst du, dass in fünfzig Jahren,
wenn du dich an jetzt erinnerst,
deine glatten Oberschenkel
echte Highlights waren?
Hast du diesen Körper
nicht vielmehr, um drin zu leben?
Um darin dem neuen Tag
deinen Ton zu geben?
Du bist mehr als eine
schönheitsindustriekonforme Norm.
Du bist Herz und Seele,
du bist Inhalt, nicht nur Form.
Deine Haut – ein Streichelzoo,
dein Bauch – Wiege der Gefühle,
deine Haare – Windgefährten,
und dein Mund, lachend geöffnet,
Seelentrost, wie Rosengärten!

EREIGNISLOS

Der Tag liegt vor mir,
weich und unbeschrieben.
Die Sonne scheint
erwartungsfroh und warm.
Im Bett, mein Körper –
eine ruhige Insel,
ein stilles Eiland
ohne deinen Arm.
Ich könnte an die frische Luft gehen
zum Ufer, Lunch oder zum Markt.
Doch, ach, ich bleib so unbeschrieben
wie, seit du gingst, ein jeder Tag.

ALLES, WAS BLEIBT

Meine rote Kirche
steht im Abendwind
und zu ihren Füßen,
auf den Pflastersteinen,
läuft, lachend, ein Kind.

Kleine, helle Schritte,
voller Sturm und Drang,
laufen ohne Scheu
in ein weites Leben
träumen – sind nicht bang.

Wenn in vielen Jahren
frohe Kindertage
längst vergessen sind,
wird von diesen Träumen
etwas in dem Ton sein,
wenn die Glocke klingt.

BIS ICH FLIEGEN KANN

Es kommt ein Wind auf, frisch, von Norden,
er treibt die Wolken vor sich her
und mit ihm kehren Rabenvögel
zurück, ich kannte sie nicht mehr.

Doch ihre Schwingen legen sich
mir um die Seele, grau, wie Blei
und von dem Himmel über mir
bleibt nur ein kleines Stückchen frei.

Im Schatten der Oktobertage,
ertrinke ich in tausend Meeren
und strande schließlich, schwarz von Federn
im Sand, an deinen weichen Ufern.

So schwer die Lider und die Nacht ist lang,
drum halt mich fest, so fest du kannst,
noch ein paar Tage, Jahre weiter –
so lange, bis ich fliegen kann.

LEINEN LOS

Du bist fort –
mein Herz liegt bloß,
ganz allein in diesen Laken
und die See aus Baumwollwäsche
türmt sich um mich, wellenreich.
Dieses Boot hat keine Richtung,
ja, nicht einmal eine Karte,
und das Herz in meiner Brust
ist wohl kaum ein echter Anker.
Ich weiß nicht, wohin ich gehn soll,
ohne dich sieht alles gleich aus:
Wellen, aber meistens Täler,
bis zum Horizont nur Wasser,
in das meine Tränen fallen,
ohne ein Geräusch zu machen,
nass in nasser, still und weich.

WECKRUF

Was ist das nur für eine seltsame Welt?
Seidenfein und bitterarm,
Shopping-Malls und Giftalarm,
Sprengstoffgürtel und Popcornduft,
Kindersoldaten und Counter-Strike Sucht,
Meere, zu weit für eine sichere Flucht,
Menschen, zu satt für einen wirklichen Ruck
und Politik zwischen Ohnmacht und Druck.
Ist Frieden vielleicht nur ein kitschiger Traum?
Dann bin ich ein Träumer und will einer bleiben,
schafft auf dieser Erde für Mitgefühl Raum,
denn Schranken und Mauern sind Ängste in Scheiben.
Wo können wir öffnen, was können wir geben?
Sind wir nur geboren oder wollen wir leben?

WEGBEGLEITER

Es kann nur ein Winterabend sein,
ich fühl's in der Art, wie der Wind geht,
wie sein kühler Griff mich im Nacken packt,
durch die engen Gassen nach Haus trägt.

Die Erinnerung an dich wohnt
im Klang meiner Schritte
auf nasskalten Pflastersteinen,
manchmal ist mir, als gingest du neben mir
und ich sehe mich um,
doch die Spuren im Schnee
sind jedes Mal nur die meinen.

Die Flocken fall'n leis über dein Bild,
färben es weiß, nehmen es ein
und fallen immer so weiter
in meine Sehnsucht hinein.

SPÄTE LIEBE

Ich hatte schon nicht mehr geglaubt,
dass aus dem Du und Ich was wird –
so viele Jahre hatte ich gewartet,
so oft gehofft und mich so oft geirrt.

Doch manchmal brauchen Wunder Zeit –
jetzt bist du hier und hältst mich warm,
wie frische Wäsche faltest du mich zärtlich
zusammen und legst mich in deinen Arm.

Verzeih mir, dass ich manchmal zweifle,
so lange warst du nur ein großer Traum.
Nun bin ich Zentrum deiner Liebe –
und sie ist weich, wie Badewannenschaum.

AM UFER

Ich wünschte, ich könnt'
in den Morgen gehn,
so zielstrebig, wie die Ruderer am See,
die mit kräftigen Schlägen
das Wasser zerpflügen,
dabei nicht mal nach vorne sehen.
Ich wünschte, ich wüsste,
wie leben geht
und vor mir läge die Weite des Meeres
mit wartendem Atem,
ein silberner Spiegel –
in dem glänzend
die Zukunft steht.

ÜBER DIE AUTORIN

Kea von Garnier, Jahrgang 85, ist freie Autorin,
Lyrikerin und Grafikdesignerin.
Auf ihrem Blog www.kea-schreibt.de
veröffentlicht sie Essays und Prosa.

Neue Gedichte erscheinen regelmäßig
auf ihrem Instagram-Account:
www.instagram.com/kea_schreibt/

19494893R00050

Printed in Poland
by Amazon Fulfillment
Poland Sp. z o.o., Wrocław